5 MAI 1886

AF494242

Objets provenant de feu M. de S****

# 4 TABLEAUX

DE MAITRES

## ET DEUX DESSINS

### 30 SCULPTURES FRANÇAISES

EN MARBRE ET TERRE CUITE

PENDULES ANCIENNES, OBJETS DIVERS

Tapisseries

IMPRIMERIE
Ve RENOU ET MAULDE
144, Rue de Rivoli, 144
PARIS

Objets provenant de feu M. de S****

# 4 TABLEAUX

## DE MAITRES

## ET DEUX DESSINS

## 30 SCULPTURES FRANÇAISES

EN MARBRE ET TERRE CUITE

PENDULES ANCIENNES, OBJETS DIVERS

Tapisseries

DONT LA VENTE AURA LIEU

HOTEL DROUOT, SALLE N° 3

**Le Mercredi 5 Mai 1886**

A TROIS HEURES PRÉCISES

Me E. CAURA
COMMISSAIRE-PRISEUR
rue de Trévise n° 43

M. E. GANDOUIN
EXPERT
rue Le Peletier, n° 42

CHEZ LESQUELS SE DISTRIBUE LE CATALOGUE

EXPOSITION PUBLIQUE

*Le Mardi 4 Mai 1886, de une heure et demie à cinq heures.*

Le Catalogue, avec Photographies des Tableaux : **6 francs.**

PARIS — 1886

D 05412

# CONDITIONS DE LA VENTE

Elle sera faite au comptant.

Les Acquéreurs paieront, en sus des adjudications, CINQ CENTIMES PAR FRANC applicables aux frais.

# TABLEAUX

ET

# DESSINS

# DESIGNATION

## DYCK

(ANTOINE VAN)

(Ecole flamande, 1598-1641)

1 — *Sainte Elisabeth de Hongrie.*

Sainte Élisabeth, debout sur le perron d'un palais, laisse tomber dans la main d'un mendiant perclus, à demi-nu, des pièces d'or.

L'artiste a figuré la reine Marie de Médicis sous le costume de Sainte Élisabeth.

Ex-collections Aguado et Oudry.

Toile. — H. $1^{m}75$. L. $1^{m}10$.

## JANSSENS

(Hieronimus, dit le Danseur)

(École flamande, florissait de 1640 à 1675)

2 — *La Pavane.*

Les personnages, formant cette composition, sont les portraits de l'archiduc Léopold, vice-roi des Pays-Bas et des gentilshommes et dames de sa cour.

Dans un très beau parc, dont on voit la clôture et une porte au fond du tableau, sont groupés, autour d'un clavecin ouvert, des dames et des seigneurs, occupés à causer; une dame, assise devant le clavecin, touche cet instrument et est accompagnée par un flûtiste et un contre-bassiste; au centre, une dame et un personnage lui faisant vis-à-vis dansent la pavane; à gauche, groupe de dames et de seigneurs.

Œuvre très importante de ce maître d'une exécution précieuse et spirituelle et d'une tonalité claire.

Signé et daté à gauche : H. Janssens *in Limburg, 1649.*

Bois. — H. 0m83. L. 1m19.

Nous ne connaissons de ce maître, comme œuvres authentiques, que les tableaux suivants : un au Musée de Lille, un au Musée du Louvre, deux qui ont été vendus en 1884, dans la collection Le Brun d'Albane, 13,500 francs et celui ci-dessus décrit.

## RUBENS

(Pierre-Paul)

(École flamande, 1577-1640)

3 — *La Résurrection de Notre-Seigneur Jésus-Christ.*

Le Christ sort du tombeau et s'élève au centre d'une nuée lumineuse, tenant de la main gauche une hampe à laquelle est attachée une oriflamme blanche; les soldats au nombre de cinq s'enfuient épouvantés en se cachant la vue; l'un d'eux tombé à terre se couvre la face de la main gauche.

Esquisse remarquable par l'ampleur et la liberté de l'exécution, ainsi que par la puissance de la couleur.

Ex-collections de Dubenheim et Mourgues.

Bois. — H. 0m41. L. 0m56.

## TASSAERT

(François-Nicolas-Octave)

(École française, 1803-1874)

4 -- *Galatée ou Pygmalion amoureux de sa statue.*

Pygmalion, monté sur l'établi où est placée son œuvre, s'avance et reçoit Galatée qui, inclinée vers lui, s'appuie sur son épaule droite.

Fort beau tableau de cet artiste, ayant figuré à l'Exposition rétrospective de ses œuvres sous le n° 77.

Bois. — H. 0m 28. L. 0m 20.

## INGRES

(Jean-Auguste-Dominique)

(École française, 1797-1867)

5 — *Portrait de jeune garçon.*

Pastel.

Fort beau portrait, d'une très belle exécution.

Signé Ingres, 1841.

H. 0m35. L. 0m27.

## NANTEUIL

(Robert)

(École française, 1625-1678)

6 — *Portrait de Gaston d'Orléans.*

Pastel.

La tête tournée à droite et vue de trois quarts.

Ce prince est représenté en buste, vêtu d'une cuirasse à la romaine, les épaules enveloppées d'une draperie rouge.

Remarquable dessin aux crayons de couleurs, exécuté avec une sûreté remarquable et une distinction parfaite.

H. 0m30. L. 0m24.

# SCULPTURES

DE

# L'Ecole française

# DÉSIGNATION

## ALLIAUD

(Jean-Baptiste)

(École française, moitié du XIX^e siècle)

7 — *Portrait de la princesse Marie d'Orléans, duchesse de Wurtemberg.*

Marbre.

Cette princesse est représentée assise, en costume de ville, et tenant sur ses genoux un livre. (Salon de 1847, n° 2013).

H. 0m 38.

## BOUCHARDON

(Edme)

(École française, 1698-1762)

8 — *La Vierge en prière.*

Statuette en terre cuite.

Charmante statuette remarquable par l'exécution des draperies et par le sentiment.

H. 0m 32.

## CARPEAUX

(Jean-Baptiste)

(École française, 1827-1875)

9 — *La Danse.*

Groupe en terre cuite.

Première pensée, esquisse du groupe qui décore la façade de l'Opéra de Paris.

Signé Carpeaux.

H. $0^{m}52$.

## CHAUDET

(Antoine-Denis)

(École française, 1763-1810)

10 — *Amours fuyant un papillon.*

Bas-relief en terre cuite.

Signé Chaudet.

H. $0^{m}14$. L. $0^{m}25$.

## CHAUDET

(ANTOINE-DENIS)

(École française, 1763-1810)

11 — *Amours combattant un papillon.*

Bas-relief en terre cuite.

Signé Chaudet.

H. 0m 14. L. 0m 25.

## CHINARD

(JOSEPH)

(École française, 1756-1813)

12 — *La Justice.*

Elle est représentée debout, le bras gauche élevé, supportant un bouclier et tenant dans la main les balances; le bras droit le long du corps tient un glaive, la pointe dirigée vers la terre, à ses pieds un serpent; une colombe vole vers elle

Un fût tronqué, sur lequel est une chaine brisée porte l'inscription : « *Esperes innocents* » et sur le bas de ce fût : « *Par un prisonnier, 25 pluviose.* »

La base de cette statuette porte l'inscription suivante :

« Je rends à la vertu sa première blancheur,
« Et immole à ses yeux son farouche oppresseur.

Œuvre célèbre de ce maître, citée par les biographes et dans le *Dictionnaire de Larousse.*

H. 0m 46.

## COUSTOU

(Attribué à Guillaume)

(École française, 1678-1746)

13 — *La Terre.*

Groupe en terre cuite.

Fort joli groupe de deux amours se lutinant près d'un braséro.

H. $0^{m}30$.

## COUSTOU

(Attribué à Guillaume)

(École française, 1678-1746)

14 — *L'Air.*

Groupe en terre cuite.

Pendant du précédent.

H. $0^{m}30$.

## CLODION

(Claude-Michel dit)

(École française, 1745-1814)

15 — *L'Offrande à Priape.*

Bas-relief en marbre.

Forme ovale. — H. $0^{m}31$. L. $0^{m}25$.

## CLODION

(CLAUDE-MICHEL dit)

(École française, 1745-1814)

16 — *L'Évanouissement d'Esther.*

Bas-relief en terre cuite.

Esquisse remarquable par la composition, l'arrangement et l'habileté avec laquelle elle est exécutée.

H. $0^m15$. L. $0^m25$.

## CLODION

(D'après CLAUDE-MICHEL dit)

17 — *La Source.*

Statuette couchée en terre cuite.

Reproduction de la statuette conservée au Musée du Louvre.

Long. $0^m40$. H. $0^m24$.

## DAVID (d'Angers)

(Pierre-Jean)

(École française, 1789-1856)

18 — *Le Général Foy en Espagne.*

H. 0m22. L. 0m44.

19 — *Le Général Foy à la tribune.*

H. 0m21. L. 0m46.

20 — *Funérailles du général Foy.*

H. 0m19. L. 0m47.

Ces trois remarquables bas-reliefs en terre cuite, sont les esquisses originales des bas-reliefs qui ornent le tombeau du général Foy, érigé au cimetière du Père-Lachaise, en 1825.

Signés P.-J. David.

## DESEINE

(Louis-Pierre)

(École française, 1750-1827)

21 — *La Comparaison du bouton de rose.*

Terre cuite.

Une jeune femme, vêtue à l'antique, compare un bouton de rose avec son sein.

Fort jolie statuette qui a servi de maquette à une des statues célèbres de cet artiste.

H. 0m27.

## DESEINE

(Louis-Pierre)

(École française, 1750-1827)

22 · *Apollon accordant sa lyre.*

Bas-relief en terre cuite.

Signé DES.

Forme ovale. — H. $0^m42$. L. $0^m34$.

## FRANÇOIS

(François-Duquesnoy dit)

(École flamande, 1594-1642)

23 — *Un Sacrifice.*

Bas-relief ovale en terre cuite.

Près d'un autel où brûlent des bois sacrés, un enfant debout invoque les dieux; un autre conduit un sanglier près de l'autel, le troisième apprête la coupe qui doit recevoir le sang de la victime.

Composition des plus gracieuses.

Signé François.

H. $0^m14$. L. $0^m18$.

## FRANÇOIS

(François-Duquesnoy dit)

(École flamande, 1594-1642)

24 — *Triomphe de Bacchus enfant.*

Bas-relief ovale en terre cuite.

Bacchus, assis sur un char traîné par un bouc, tient de la main droite son thyrse, il est accompagné de deux enfants, coiffés de pampres et raisins comme lui.

Signé François.

H. $0^m14$. L. $0^m18$.

## FRANÇOIS

(D'après François-Duquesnoy dit)

25 — *Jean qui pleure.*

Buste en marbre.

## PAJOU

(Augustin)

(École française, 1730-1809)

26 — *Le Comte de Provence.*

Buste en terre cuite, grandeur nature.

Au revers, est tracé à l'ébauchoir dans la terre, l'inscription suivante : « *Monsieur, frère du roy Louis XVI, comte de Provence, etc., 1777.* »

Ce remarquable buste provient de Dumont, membre de l'Institut, petit-fils de Pajou.

## PAJOU

(Augustin)

(École française, 1730-1809)

27 — *La Force.*

Statuette en terre cuite.

Elle est représentée debout, la tête élevée e regardant à droite; elle tient de la main droite une masse d'armes et à la main gauche appuyée sur un bouclier reposant à terre.

Œuvre d'une grande élégance.

Signée et datée : Pajou (f.), 1789

H. 0m30.

## PIGALLE

(D'après)

28 — *L'Enfant à la cage.*

Marbre.

Reproduction du marbre conservé au Musée du Louvre.

## SINGER

(XVIIe SIÈCLE) ?

(École et époque inconnues)

29 — *Mars.*

30 — *Minerve.*

Deux belles statuettes exécutées en pierre de la Moselle.

Signées : C. Singer.

## TRUPHÈME

(François)

(École française, XIX^e^ siècle)

31 — *La Discrétion.*

Marbre.

Elle est représentée assise à terre, les jambes à demi-ployées, le haut du corps en avant soutenu par le bras droit, la main gauche élevée, devant la partie inférieure de la tête à l'index debout, commandant le silence.

Statuette sur socle en bleu turquin.

H. 0m63.

## ÉCOLE FRANÇAISE

(XVII^e^ SIÈCLE)

32 — *L'Automne.*

Statuette terre cuite.

L'automne est représentée par une jeune femme debout, la tête élevée, tournée à gauche et couronnée de fleurs; elle soutient de la main droite une corbeille de fruits, appuyée sur sa hanche; à ses pieds, un lion à demi couché.

Le vêtement a été doré.

Cette statuette a été attribuée à Lehongre, et semble être le modèle d'une des œuvres de cet artiste, conservée dans les jardins de Versailles.

H. 0m32.

## ÉCOLE FRANÇAISE

(XVIII^e SIÈCLE)

33 — *La Leçon de flûte.* Groupe en terre cuite.

Signé en dessous : Sèvres, n° 1674.

## PIGALLE

(D'après)

34 — *Garde à vous.* Statuette en terre cuite sur socle mobile.

Le socle porte à l'intérieur cette inscription : Par Clodion, Sèvres, 1783.

H. socle compris.

## ÉCOLE ALLEMANDE

(XVI^e SIÈCLE ?)

35 — *Bas-relief cintré formant portique, sous lequel un homme, vu de dos et la tête tournée de profil à gauche, passe; il est vêtu à l'antique et porte une lance.*

Près de lui un enfant vu de face porte un cartouche; au-dessus de lui, près de sa tête, une plaque carrée avec un cheval semblant galoper.

H. 0m22 L. 0m12.

## ÉCOLE FRANÇAISE.

(XVIII^e SIÈCLE)

36 — *Portrait d'homme.*

Buste en terre cuite, costume du temps de Louis XVI.

## MARIN

(JOSEPH-CHARLES)

(École française, 1773-1834)

37 — *Bacchante.*

Petit buste en terre cuite.

H. 0m17.

# OBJETS DIVERS

38 — Pendule de l'époque du Ier Empire, marbre vert antique et bronze ciselé et doré.

Sujet représentant la littérature française.

Signé Thonissen, à Paris.

H. 0m59. L. 0m41.

39. — Pendule de l'époque Louis XVI en bronze doré et marbre blanc; de chaque côté du cadran deux figures assises, la Loi et la Justice.

H. 0m33. L. 0m42.

40 — Pendule à accrocher, de l'époque Louis XIV, avec son socle en marqueterie d'écaille et de cuivre gravé, de Boulle, ornée de bronzes de l'époque.

H., socle compris, 1m20.

41 — Statue chinoise en bois sculpté et peint : *Le Dieu de la guerre.*

Il est représenté assis tenant une lance, la face rouge et terrible, les vêtements laqués et richement ornés. Travail ancien chinois.

Objet rare et curieux.

H. $0^m70$.

42 — *Même Divinité.* Statue en bois sculpté et laqué.

Ce dieu est représenté debout et armé.

Statue remarquable et des plus intéressantes. Travail ancien chinois.

H. $0^m80$.

## CORRÈGE

(Attribué à)

43 — *Un Ermite.*

Peint sur bois.

H. $0^m55$. L. $0^m42$

44 — Deux Gaînes en marbre.

45 — Deux Gaînes en marbre.

46 — Deux Gaînes en marbre.

47 — Paire de Colonnes en marbre.

48 — Paire de Colonnes en marbre, avec chapiteaux et bases en bronze doré.

49-51 — Trois grandes et belles Tapisseries verdure, avec leurs bordures, fabrique d'Aubusson, époque Louis XIV.

52 — Belle Tapisserie du XVIe siècle, sujet mythologique, avec toutes ses bordures.

Cette tapisserie sera mise aux enchères sur la mise à prix de 1,500 francs.

Vve Renou et Maulde, imprimeurs de la Compagnie des Commissaires-Priseurs, rue de Rivoli, 144 200 - 67780

www.ingramcontent.com/pod-product-compliance
Ingram Content Group UK Ltd.
Pitfield, Milton Keynes, MK11 3LW, UK
UKHW020523180726
13839UKWH00005B/2281